conserver le couvert.

23

1857

BOUTADES
POÉTIQUES

PAR

ALPHONSE BRUSSAUT.

II.

LA BOURSE.

A Mont-de-Marsan,

Chez DELAROY, Imprimeur typographe et lithographe.

LA BOURSE.

BOUTADES POÉTIQUES.

II.

LA BOURSE.

Lorsque Barthélemy , dans sa verdeur lyrique ,
Sur les tiges de fer d'une harpe électrique
Fustigea le boursier , l'avide agioteur
A l'œil oblique et faux , au sourire imposteur ,
La Bourse était sans doute un scandaleux repaire
De joueurs s'escrimant à duper le vulgaire ;
Un tripot financier où les hommes d'Etat ,
Spéculant sur des bruits de guerre et d'attentat ,
Par l'adroit tour de main d'une nouvelle fausse
« Faisaient sauter la coupe au moment de la hausse ! »

1857

Mais ce jeu-là du moins , en attirant votre or ,
A certaine limite arrêtait son essor :
Le plus audacieux dans l'ardente carrière
N'osait pas hasarder une fortune entière.
On craignait d'y risquer le bagne ou Charenton
Et le billet de banque offrait un fort jeton.

L'agiotage était encore à sa naissance ;
Oh ! que la Bourse est loin de sa naïve enfance !
Sur d'imposants crédits l'un par l'autre couverts ,
D'effroyables enjeux brûlent les tapis verts.
C'est par des millions enlevés à la course (A)
Que les lions du jour chiffrent leurs *coups de bourse.*
L'urne du tripotage est pleine jusqu'au bord.
Mammon à pleine gorge écume sur le Sport !

Poète , enfourche donc le fougueux hippogriffe ,
Aux serpents dans les crins , aux foudres sous la griffe ,
Qu'à ta voix , Némésis rallumant sa fureur ,
Flagelle sans pitié ce club accapareur (B)
Et cingle de son fouet enlacé de reptiles ,
Jusqu'en dehors du temple , autour des péristyles
Le honteux coulissier , l'obscur courtier marron ,
Les derniers desservants du culte d'Aaron ! (C)

Les timbres de la Bourse ont sonné l'ouverture.

La horde impétueuse, avide de pâture,

Dans les contorsions d'un vertige infernal,

S'entasse pêle-mêle au balustre fatal.

Les prêtres du Crédit, maîtres du sanctuaire

Où s'exploite la foi du simple actionnaire,

Vont accomplir entre eux, par un secret accord,

Leurs mystères impurs de Prime et de Report.

Tandis que les huissiers harcelés dans les bandes

Lancent leurs papillons d'offres et de demandes,

On se croise, on se heurte, on trépigne, on rugit,

Et d'un bruit d'Océan l'édifice mugit !

Les parieurs, saisis d'angoisses frénétiques,

Hurlent en s'agitant par bonds apoplectiques,

Échangeant du regard, de la voix, de la main,

Des signes et des cris qui n'ont plus rien d'humain.

Tous leurs muscles crispés contractant leurs visages,

Et lançant des éclairs d'intérieurs orages,

Reflètent sur leurs traits, comme sur un miroir,

Le triomphe, l'orgueil, l'effroi, le désespoir ! (D)

Le plus fin, le plus fourbe, à cette lutte horrible

Triomphe, mais au prix d'un remords invincible,

Car il n'a pressuré la Prime et le Report

Que par des contre-coups de ruine et de mort. (E)

Tel est l'affreux tableau , l'ignoble saturnale
Que chaque jour la Bourse offre à la Capitale.
Dans ce brasier d'intrigue et de rapacité ,
Brûlant toute vergogne et toute dignité ,
L'homme attise le feu de ses ardeurs cupides ,
Il aspire avec rage aux fortunes rapides ;
Il n'impose aucun frein à ses tentations ,
Et toute arme convient à ses exactions.
Le piége , le détour , la trame déloyale.....
Un succès couvre tout..... et si dans la rafale
Il succombe , tant pis ! Le but a tant d'attraits
Qu'il faut risquer d'un coup le Bagne ou le Palais !

Honte à ce roi du jour , fils de l'agiotage ,
Écumeur du travail , effronté personnage
Qui cultive la ruse et la duplicité
Jusqu'au dernier degré de l'immoralité !
Honte à l'âpre boursier qui profane et renie
Les plus précieux dons du cœur et du génie :
Qui le jour ne se rue au temple du Veau-d'Or
Que pour sacrifier ses nuits à Belphégor ;
Qui , sans cesse employant à l'infame entreprise
L'insidieux calcul , la fraude , la surprise ,
Se ravale aux instincts des loups de la forêt ,
Immolant tout aux lois du brutal intérêt.
Son front mat et fiévreux , qu'un feu secret calcine ,

Perd l'éclat imposant de l'empreinte divine,
Et son esprit rongé par le chancre du jeu
N'entend plus ni vertu, ni famille, ni Dieu !

Ah ! ce serait encore un fléau réparable
Si le mal s'enfermait dans cet antre effroyable.
Mais, vomissant le vice et la corruption,
La Bourse est le foyer d'une contagion
Qui sur l'Empire entier répand son influence.
C'est le nid des vautours qui dévorent la France.

C'est là que le croupier combine ses beaux plans,
Ces systèmes enflés de frauduleux bilans.
Qui d'arides déserts font des terres-promises ;
C'est là que l'on ourdit ces vastes entreprises
Dont le gain fabuleux, d'après les écriteaux,
Doit dans un bref délai tripler les capitaux.

Champ du pauvre, soumis à de nombreux ravages,
A l'insecte rongeur, au grêlon des orages,
Quel que soit ton produit, avant tout résultat,
Tu dois payer l'impôt nourricier de l'Etat !
Et la Bourse fournit des récoltes magiques
Exemptes de fléaux et de charges publiques !
L'artisan producteur travaille jour et nuit,
Le spéculateur guette et s'empare du fruit.

Ce sillon de blé noir pour prix d'un soin extrême
Donne à peine du pain à celui qui le sème,
Et d'un oisif boursier l'invisible trésor,
Sur des champs de zéros produit des moissons d'or !

Le peuple qui s'expose à de pareils contrastes
Marche infailliblement à des crises néfastes.

Que fait l'agriculteur dans ces calamités ?
Il brise sa charrue, il va dans les cités.....
Saisi par le frisson de la fièvre commune,
Il veut tenter aussi les coups de la fortune,
La spéculation ! et pour y prendre part,
Met sa dernière épargne aux enjeux du hasard.

L'État, épouvanté du nombre des victimes
Que dévorait le jeu, ferma ces deux abîmes :
La Roulette et le Terne. Ils sont, hélas ! rouverts
Mille fois plus glissants ! Et sur ses tapis verts
La Bourse a relevé la double idolâtrie
Du traquenard 113 et de la loterie !

Or, le boursier pontant sur les mises d'autrui,
Sème pour des clients mais récolte pour lui. (F)
S'il a soin de jeter à la brebis tondue
Quelques brins détachés de la toison perdue,

C'est pour mieux imposer sous un charme nouveau
Une tonte nouvelle au crédule troupeau.
L'art des appels de fonds est la grande tactique
Des fins accapareurs du produit métallique.

Et sur quels malheureux le nouveau flibustier
Prend-il les revenus de son hardi métier ?
Sur le pauvre ouvrier dont les économies
Vont fournir une goutte à ces flots d'infamies ;
Sur le naïf bourgeois qui, formant le projet
D'augmenter d'un seul coup son modeste budget,
Joue en secret le bien de toute sa famille,
L'avenir de son fils et la dot de sa fille ;
Et qui, trahi, volé, sans espoir, sans recours,
Par la corde ou le plomb met un terme à ses jours.

Oui, c'est ainsi que l'or gagné dans les provinces
Va remplir à Paris les coffres de ces princes,
De ces Nababs d'un jour, engraissés aux dépens
Des crédules niais pris à leurs guet-apens,
Et qui vont un beau jour sur la rive lointaine
Paisiblement jouir d'une dernière aubaine !

Dans les Etats Romains, dans les monts Espagnols,
Quelques derniers bandits vivent encor de vols ;
Mais ces fils de la nuit, courant les aventures,

✳✳✳

Dans leurs noirs souterrains vont cacher leurs captures ;
L'éclat du jour les trouble et les remplit d'effroi ,
Leur tête est mise à prix , ils rampent hors la loi !

A Paris , le métier d'abus de confiance
S'exerce en plein soleil , en face de la France.
La presse chaque jour vend à des imposteurs
Ces publications de programmes menteurs ,
De prospectus-géants , brandons de propagande
Qui font briller l'appàt d'un pompeux dividende ,
Lançant impunément leurs ballons productifs
Sur des capitaux creux et des titres fictifs , (G)
Jusqu'au jour où survient l'avalanche effrayante
Des *Docks Napoléon* ou de la *Prévoyante !*

La justice est , dit-on , toujours prête à flétrir
Les abus qu'en ce genre elle peut découvrir.
Dérision sanglante , ironie infernale !
Quand les spoliateurs , affrontant le scandale ,
Ont d'avance , dans l'ombre emportant le butin ,
Sur des bords étrangers assuré leur destin !
Oui. Thémis veut poser des barreaux à la cage
Quand le vautour a fui sur un lointain rivage.

D'ailleurs , pour un filou dénoncé par hasard
Que de brigands masqués trônent au boulevard ,

Eblouissent Paris et consternent la France
De l'éclat emprunté de leur fausse opulence !

Le fléau destructeur envahit l'horizon
Et son virus mortel infiltre un noir poison
Dans les veines du peuple ; il l'enivre , il l'enflamme ,
Il gangrène son cœur et déprime son âme.
L'amour de l'or immole aux défis des hasards
Les nobles passions , le culte des beaux arts ;
Il éteint lentement ces flammes rayonnantes
Qui font les Nations prospères et puissantes :
Les LETTRES , feu sacré , souffle mystérieux ,
Esprit vivifiant des Etats glorieux ;
Auréole d'honneur que la France abandonne
Et dont tout peuple aspire à ceindre la couronne !

L'homme qui sut un jour de sa puissante main
Relever son pays , rassurer l'ordre humain ;
Qui d'un seul mot peut rompre ou fixer l'harmonie
De l'Europe inclinée à suivre son génie ,
Laissera-t-il longtemps cette larve d'enfer
Dans le corps social étendre son cancer ?
N'arrêtera-t-il pas l'insolente puissance
Du club de l'agiot qui dégrade la France ?

NOTES.

A.

On n'estime pas à moins de 30 millions les différences de bourse constatées par le syndicat des agents de change pour la liquidation du mois d'avril 1857, sans compter ce qui s'est payé en dehors du syndicat et à la coulisse.   F. Ducuing.

(Compte-rendu de Bourse du 8 mai 1857.)

B.

La Bourse a complètement perdu le caractère assigné à son institution par les articles 71, 72 et 73 du Code du Commerce. Les négociations et les transactions qui s'y traitent ne sont plus considérées comme le but principal de la réunion publique, mais comme fournissant matière à des défis, à des paris portant bénéfice aux plus heureux, aux plus habiles ou aux plus imposteurs. Les capitaux qui, en principe, dans l'opération honnête devaient représenter et couvrir entièrement les titres vendus, ne sont plus exigés que comme garantissant un intérêt ou une simple différence du cours des valeurs dépassant au centuple la mise en jeu. Avec une simple somme de cinq mille francs vous deviez autrefois vous borner à acheter cinq mille francs de titres donnant environ 250 fr. de rente ; vous pouvez aujourd'hui acquérir et vendre à plusieurs reprises, avec cette même somme, *cent mille francs,* et pour peu que votre veine prospère au tapis vert des agents de change, un million en quelques jours.

On ne s'amuse plus à acheter une action, un titre quelconque pour en toucher le dividende ou le produit annuel. On achète la différence qui doit se produire entre le cours coté de ce titre la veille et le cours du lendemain. En un mot, à la Bourse, on parie, on transige, on spécule à terme sans dépôt de garantie, contrairement aux dispositions des arrêts de 1785 et 1786 ; contrairement à la jurisprudence consacrée par la Cour de Cassation dans ses arrêts des 4 et 11 août 1824 ; au mépris enfin de l'article 422 du Code pénal.

Mais non-seulement on parie et l'on joue pour le compte d'autrui, on peut ruiner d'honnêtes et crédules clients, dépouiller des familles entières sans avoir fourni garantie. On joue enfin sans enjeu, sans responsabilité. L'aveu bien explicite en a été mille fois fait publiquement, comme on le trouve dans ces lignes de M. Jacomy Régnier :

Bulletin de la Bourse du 31 Mars 1857.

« La réponse des primes s'est faite dans les conditions que
» nos derniers bulletins faisaient prévoir.

» Toutes les primes de la rente ont été abandonnées ; toutes les
» primes des grandes lignes ont été levées.

» Ces levées, ainsi que nous le disions hier, ont été fictives,
» c'est-à-dire que *les acheteurs n'ayant pas d'argent* à donner aux

» vendeurs, qui, eux non plus, n'ont *pas de titres à livrer*, se
» sont contentés de recevoir des différences ou bien se sont fait
» reporter. »

La dénonciation de l'abus peut-elle être plus formelle, plus éclatante ?

Proudhon dit avec raison dans son *Manuel du spéculateur* :

« Les transactions honnêtes ont dû céder la place à l'agiotage
» parasite. Le jeu qui était l'exception est devenu la règle. »

Le même écrivain dit encore :

« Le cours des négociations doit être crié à haute voix, chaque
» fois qu'il s'agit d'effets publics (ordonnance du 2 thermidor an II,
» 21 juillet 1801). Il n'en était pas ainsi sous l'empire de l'ordon-
» nance de 1724 : l'article 15 défendait d'annoncer le prix des effets
» à haute voix, « afin d'établir l'ordre et la tranquillité, et que cha-
» cun pût faire ses affaires sans être interrompu. » Mais alors la loi
» n'admettait pas que vendeurs ou acheteurs eussent la faculté de
» donner des ordres pendant la Bourse : on ne devait négocier que
» des effets *préalablement déposés* chez les officiers publics. »

« Le résultat des négociations et des transactions qui s'opèrent dans
la Bourse, dit le Code de commerce, détermine le cours du change,
des marchandises, des assurances, du fret ou nolis, du prix des
transports par terre ou par eau, des effets publics et autres dont le
cours est susceptible d'être côté. » (Art. 72.)

« Ici la pratique dément considérablement la théorie. Les affaires
» sérieuses se retirent de plus en plus de la Bourse, à mesure que le
» jeu y prend des proportions plus gigantesques. Le change est rentré
» dans les attributions des banques et des comptoirs d'escompte ; les
» ventes sérieuses de marchandises se font dans les fabriques, les
» entrepôts ou par les commissionnaires ; les assurances ne figurent
» au parquet que pour y faire coter leurs actions ; il en est de même
» de la batellerie et des chemins de fer. En sorte qu'il ne reste guère

» à la Bourse que les fonds publics et les actions des entreprises in-
» dustrielles ; encore, dans la masse des transactions quotidiennes qui
» s'y font en deux heures, en trouverait-on à peine une sur dix mille
» de sérieuse. »

C.

Aaron , frère de Moïse , fondateur du *Veau-d'Or*.

D.

Ce tableau n'a rien d'exagéré et sera reconnu exact par quiconque
a été témoin d'une séance orageuse de la Bourse. Cette cohue de
joueurs criant , gesticulant comme des énergumènes , produit au pre-
mier abord l'effet d'une réunion fortuite de fous furieux.

E.

Sur 121 individus inscrits au tableau des agents de change depuis
vingt-deux ans , quatre se sont suicidés de désespoir de ne pouvoir
remplir leurs engagements ; soixante-un ont failli en faisant éprouver
une perte considérable à leurs créanciers , etc.

> (De *Coffinières*. — *De la Bourse et des Spéculations
> sur les effets publics*. — 1825.)

Si nous voulions ajouter à cette note la liste des malheurs éprouvés
depuis douze ans par les clients des agents de change , les ruines
partielles ou complètes , les faillites , les banqueroutes , les fuites
scandaleuses , les suicides , nous remplirions un volume.

F.

Les sommes prélevées par les soixante agences de chance de la

Compagnie de Paris se sont élevées, dans ces derniers temps, jusqu'à 80 millions par an, dont moitié doit être attribuée, d'après M. Mériclet, au droit de Courtage et moitié aux Reports. 80 millions de revenu net pour le corps investi du privilège des opérations légales de la Bourse ! Cela fait près d'un million et demi pour chaque titulaire.

Qui croirait, dit Proudhon, que des officiers publics en position de gagner légalement, par an, treize cent mille francs, puissent céder à la tentation de chercher des profits illicites ? Vous écrivez à votre agent de vous acheter des actions de la Banque au cours du jour. Dans la même Bourse lesdites actions ont fait 4,100, 4,110, 4,120 ; l'agent, à quelque prix qu'il ait acheté, vous cote au plus haut, 4,120 et le bénéfice de la différence, sans préjudice du droit de courtage. Si vous êtes vendeur, il vous cote au plus bas, 4,100 et garde la plus-value. Qu'avez-vous à y voir ? C'est ce qu'on appelle, dans une sphère infiniment plus obscure, *faire danser l'anse du panier.*

M. Mériclet, déjà cité plus haut, fait remarquer dans son livre intitulé : *La Bourse de Paris*, 3ᵉ édition, le double emploi du courtage prélevé sur les opérations de l'Emprunt et qui fournit au Courtier une commission de 340 francs sur une simple vente de 6,000 francs de rente, réalisée en quelques minutes. Que le courtage soit prélevé sur la somme payée, dit cet écrivain (huitième d'agent de change lui-même et parfaitement instruit sur la matière), rien de plus juste ; mais sur les sommes non versées, *c'est une exaction.*

Et il ajoute :

« On punit l'usurier qui prête de l'argent à 12 p. % et l'agent de change peut impunément écraser son client de son énorme courtage. Il peut servir d'intermédiaire pour faire prêter sur dépôt de titres à 15 ou 20 p. % sans que la loi le punisse ! Le Ministre des Finances devrait s'opposer à un tel abus. »

Mais le chiffre monstrueux des honoraires ne forme pas encore la cinquième partie des bénéfices annuels de la corporation, ce qui ne

l'empêche pas, dit Proudhon, de compter par-ci, par-là, des ban-
queroutiers, des membres qui lèvent le pied, emportent la fortune,
l'honneur et la vie de quelques milliers de dupes.

G.

Citons entre mille un seul exemple des catastrophes amenées par
ces audacieuses entreprises de spéculation sur la confiance publique.
C'est un fait tout récent que le journal *Le Droit* du 9 juillet 1857
raconte en ces termes :

« On ne sait ce que l'on doit le plus admirer, l'effronterie des individus qui, sans ressources aucunes, établissent aujourd'hui de pré-
tendues entreprises uniquement destinées à faire des dupes, ou la
niaise confiance des personnes qui se précipitent en aveugles dans ces
piéges tendus à leur bonne foi.

» C'est ainsi qu'un nommé L... avait créé sous ce nom, *le Spéculateur*, une caisse destinée à faire valoir, par des opérations de
bourse aléatoires, les fonds des souscripteurs. Les annonces et pros-
pectus avaient été rédigés de manière à recueillir des adhésions dans
toutes les classes de la société.

» On avait, dit-on, à la suite de profondes études et d'expéri-
mentations nombreuses, découvert un moyen infaillible de rendre les
opérations constamment heureuses. Il était aisé aux adhérents de
tripler et même de décupler en peu de temps leurs capitaux. Tel était
l'art avec lequel on avait présenté ces résultats, qu'une grande partie
de ceux à qui s'adressait la circulaire furent gagnés. Une seule per-
sonne versa 200,000 fr. ; une autre 50,000 ; une troisième 25,000
fr., etc.

» L..., qui avait établi ses bureaux dans un splendide apparte-
ment, rue Vivienne, dirigeait l'entreprise sous le nom du sieur B...,
son beau-frère. Il avait pour correspondants en province les hommes

les plus honorables , des officiers , des ecclésiastiques , des officiers ministériels. Un grand nombre de petits employés et d'ouvriers de différentes villes de départements n'avaient pas craint de confier à cette caisse merveilleuse toutes leurs épargnes.

» L... s'appropriait cet argent ; mais il conduisait son affaire avec autant d'adresse que de prudence. Il envoyait à ses intéressés , à titre de dividendes , de petites sommes , si bien qu'il jouissait auprès d'eux d'une grande estime et qu'aucune plainte n'avait été formulée contre lui.

» La police , qui ne s'arrête pas aux apparences et qui aime à connaître le fond des choses , trouva seule quelque chose de suspect dans les opérations de la caisse et dans le grand luxe de M. le directeur , qui avait voitures , chevaux de race , maîtresses , etc. Une enquête fut commencée, et L... fut invité à venir donner quelques explications. Loin d'obéir à cette injonction , il prit la fuite avec tant de précipitation qu'il n'eut pas le temps de rien emporter , à l'exception d'une somme importante en billets de banque retirée de la caisse , et ne fit même pas prévenir les personnes de sa maison où une saisie a été opérée.

» En continuant les investigations , on fit une découverte assez singulière. On apprit que L... , dont on sut alors seulement le véritable nom , avait été condamné , en 1842 , pour complicité de vol. Il s'était lié à cette époque avec une femme qui se faisait appeler la comtesse de Mirambo , et qui , sous ce nom , s'est rendue coupable d'un grand nombre d'audacieuses escroqueries. »

Ces funestes exemples ont beau se multiplier , on n'en voit pas moins se répandre à profusion de gigantesques annonces de cabinets d'affaires , de comptoirs , de caisses , de sociétés anonymes , d'opérations promettant des bénéfices nets de 15 , 20 , 50 pour cent du capital.

S'il était vrai cependant qu'une opération quelconque put régulièrement et légalement donner , sans exiger le moindre travail , d'aussi considérables revenus, pourquoi le petit propriétaire conserverait-il le coin de terre ingrat qui lui donne à peine 3 ou 4 p. %. Pourquoi le possesseur du moindre atelier, du moindre magasin, du moindre chantier de travail ou d'industrie, s'épuiserait-il plus longtemps à demander à son capital un difficile et insuffisant revenu qu'il peut décupler si facilement ailleurs.

En admettant qu'il n'y ait pas un leurre au fond de ces pompeuses annonces, il y a au moins un privilège exorbitant et d'un effet décourageant pour l'agriculture, pour le commerce et les arts, pour tout travail honnête. Il y a incontestablement un appât fatal, un stimulant démoralisateur, un levain désorganisateur de l'économie actuelle.

L'auteur se présente à Paris, en 1856, chez le chef d'une des plus considérables maisons financières et industrielles de récente création, dans le but de lui proposer une affaire d'exploitation agricole et métallurgique dans les Landes. Ce chef de maison, ancien camarade de jeunesse de l'auteur, lui fit répondre par un commis, que ce *genre de spéculation ne pouvait lui convenir.* On évinçait poliment l'homme d'affaires en évinçant impoliment l'ami. La réponse au fond n'avait d'autre sens que celui-ci : « Pourquoi voulez-vous que nous fassions nous-même de l'agriculture ou de l'industrie qui nous donnera peut-être 5 ou 6 p. %, quand l'agiot sur les capitaux ou les entreprises créées nous donne 25, 50 et 100 pour cent!

NOTE GÉNÉRALE EXPLICATIVE.

———◆◆◆———

Nous ne voulons pas confondre dans cette critique la spéculation honnête qui fonde les grandes opérations financières ou industrielles dans les limites de leurs ressorts productifs avec cette seconde spéculation parasite, l'agiotage, qui ne vit et prospère que sur les valeurs émises, sur les richesses produites, comme l'insecte rongeur sur les fruits mûrs.

La première est la spéculation qui féconde et rend productives, pour l'avenir, les grandes exploitations de mines ou d'usines dans les proportions de leur propre puissance, et qui crée ces vastes réseaux de voies nouvelles destinées à relier plus activement, plus étroitement les peuples, et à assurer sur ses dernières bases la civilisation européenne, pacifique, harmonique.

La seconde est cette passion d'agiotage et de jeu qui ne peut que butiner sur des valeurs créées, puissance désorganisatrice qui ne réunit et n'entasse des titres de valeurs que pour les brasser dans le gouffre où bouillonnent l'intrigue et la fraude et d'où sortent les primes , la commission , le courtage , toutes les sueurs de l'or aux yeux ébahis de la foule dupe du tripotage. C'est l'esprit tracassier et perturbateur des affaires qui ne conduit l'actionnaire aux bascules de la hausse et de la baisse que pour saisir au passage de plus abondantes différences. L'agiotage spéculant tantôt sur la confiance , tantôt sur la terreur , ne provoque de fréquentes et rapides fluctuations financières que pour en écumer les épaves. L'agioteur se met à la poursuite de toute entreprise nouvelle pour la pousser aux exagérations , aux illusions , au désordre , à l'eau trouble où s'opèrent plus à l'aise les grands coups de filets de bourse. C'est le génie du gain multiple et spontané ; c'est l'électricité financière. Mais ce brûlant génie ne s'acharne comme le vampire de la cupidité à tout ce qui peut avoir de l'or dans les veines que pour le sucer et en rendre gorge au vice et à l'orgie.

L'agiotage s'est fait longtemps absoudre parce qu'il lançait rapidement à la publicité, à l'éclat, au succès. Certaines Compagnies sérieuses ont eu la faiblesse d'accepter , comme des surexcitations favorables et même nécessaires , des manipulations de coulisse et de bourse. Elles y ont peut-être gagné quelques millions par des différences de cotes sur les émissions d'actions. Mieux eût valu pour elles rester dans de plus modestes conditions. Ces enflures rapides, forcées, morbides , sortant des bornes d'un développement rationnel et mathématique , ne peuvent enfanter tôt ou tard que des déceptions et des catastrophes. C'est à ces entraînements funestes que nous devons les crises financières du moment.

Si la grande spéculation honnête , utile , organisatrice , logique et sincère , est un bienfait social , aussi admirable dans ses effets que respectable dans son principe et son action , sa fille , la joueuse boursicotière , intrigante avide et déhontée , n'est que l'abus , la corruption , la prostitution , le fléau qu'il faut combattre et flétrir.

Mais la réforme de la Bourse , dit-on , si facile à demander , est

difficile à indiquer, impossible à obtenir ! Il y a peut-être abus, sans
doute, mais abus nécessaire, mal sans remède.

Erreur ! le remède s'indique de lui-même dans la diagnostique du
mal :

D'où viennent ces désordres, ces crises ? Des conséquences directes
du système d'opérations actuel de la Bourse, système complètement
sorti du cadre légal de l'institution.

Comment se font les transactions à la Bourse ? Dans une séance
quotidienne, tumultueuse comme un encan de foire de faubourg ;
dans une lutte publique, sans contrôle et sans frein, où il est permis
de jouer des sommes fabuleuses sur des titres dont on ne prouve pas la
possession, où il est permis de tenir pour des millions de paris sans
garantie et sans enjeu, et cela au défi à haute voix, aux cris d'une
enchère à tue-tête. Ce débat public sans dignité, aussi grossier que
périlleux et immoral, passionne les intéressés, les excite, séance
tenante, aux exagérations, aux extravagances. Les joueurs, entraînés
dans le feu croisé des provocations, en viennent à exposer cent fois,
mille fois ce qu'ils ne possèdent plus, ou ce qui appartient à leurs
clients. C'est aux entraînements de ce grossier vertige que s'allument
les ambitions et les défis qui conduisent aux abîmes.

Eh bien ! enlevez à ces séances leur brutal caractère ; que chaque
agent de change soit tenu d'opérer séparément les transactions qui lui
sont confiées, par des écrits en bonne forme et sur dépôt de titres
réguliers, dans son silencieux comptoir, comme le notaire dans son
étude ; qu'après opération close et dûment enregistrée, chaque agent
de change remette entre les mains d'un syndicat les résultats de toutes
ses opérations du jour. Ces résultats serviront d'éléments à la compo-
sition du tableau des mouvements des valeurs publiques, à la fixation
du thermomètre des cotes financières.

Le bruit, le désordre, le tumulte, les cohues de la corbeille et de
la coulisse, et les chiffres surpris, déviés ou forcés qu'ils produisent,
feront place à une calme et imposante manifestation financière. Au

cri sauvage et désordonné de la passion du jeu et de l'agiotage, succèdera la voix tranquille du calcul sincère et réfléchi. Le temple du crédit français, rendu enfin à sa destination, offrira à l'Empire, au monde, dans son enceinte silencieuse, une indication fidèle et froidement mûrie du mouvement des affaires du jour, avec toute la dignité que doit avoir ce solennel témoignage des fluctuations de la fortune publique.

A Mont-de-Marsan,

Chez DELAROY, Imprimeur typographe et lithographe.

www.ingramcontent.com/pod-product-compliance
Lightning Source LLC
Chambersburg PA
CBHW061629180626
46818CB00005B/2298